I0445669

Собранные рассказы до 1880 —ого года
Collected Short Stories to 1880
Антон Павлович Чехов
Anton Chekhov

Collected Short Stories to 1880

Copyright © JiaHu Books 2015

First Published in Great Britain in 2015 by Jiahu Books – part of Richardson-Prachai Solutions Ltd, 34 Egerton Gate, Milton Keynes, MK5 7HH

ISBN: 978-1-78435-121-2

Conditions of sale

All rights reserved. You must not circulate this book in any other binding or cover and you must impose the same condition on any acquirer.

A CIP catalogue record for this book is available from the British Library

Visit us at: jiahubooks.co.uk

Жёны артистов

Свободнейший гражданин столичного города Лиссабона, Альфонсо Зинзага, молодой романист, столь известный... только самому себе и подающий великие надежды... тоже самому себе, утомленный целодневным хождением по бульварам и редакциям и голодный, как самая голодная собака, пришел к себе домой. Обитал он в 147 номере гостиницы, известной в одном из его романов под именем гостиницы «Ядовитого лебедя». Вошедши в 147 номер, он окинул взглядом свое коротенькое, узенькое и невысокое жилище, покрутил носом и зажег свечу, после чего взорам его представилась умилительная картина. Среди массы бумаг, книг, прошлогодних газет, ветхих стульев, сапог, халатов, кинжалов и колпаков, на маленькой, обитой сизым коленкором кушетке спала его хорошенькая жена, Амаранта. Умиленный Зинзага подошел к ней и, после некоторого размышления, дернул ее за руку. Она не просыпалась. Он дернул ее за другую руку. Она глубоко вздохнула, но не проснулась. Он похлопал ее по плечу, постукал пальцем по ее мраморному лбу, потрогал за башмак, рванул за платье, чхнул на всю гостиницу, а она... даже и не пошевельнулась.

«Вот спит-то! — подумал Зинзага. — Что за чёрт? Не приняла ли она яду? Моя неудача с последним романом могла сильно повлиять на нее...»

И Зинзага, сделав большие глаза, потряс кушетку. С Амаранты медленно сползла какая-то книга и, шелестя, шлепнулась об пол. Романист поднял книгу, раскрыл ее, взглянул и побледнел. Это была не какая-то и отнюдь не какая-нибудь книга, а его последний роман, напечатанный на средства графа дон Барабанта-Алимонда, — роман «Колесование в Санкт-Московске сорока четырех двадцатиженцев», роман, как видите, из русской, значит самой интересной жизни — и вдруг...

— Она уснула, читая мой роман!?! — прошептал Зинзага. — Какое неуважение к изданию графа Барабанта-Алимонда и к трудам Альфонсо Зинзаги, давшего ей славное имя Зинзаги!

— Женщина! — гаркнул Зинзага во всё свое португальское горло и стукнул кулаком о край кушетки.

Амаранта глубоко вздохнула, открыла свои черные глаза и улыбнулась.

— Это ты, Альфонсо? — сказала она, протягивая руки.

— Да, это я!.. Ты спишь? Ты... спишь?.. — забормотал Альфонсо, садясь на дрябло-хилый стул. — Что ты делала перед тем, как уснула?

— Ходила к матери просить денег.

— А потом?

— Читала твой роман.

— И уснула? Говори! И уснула?

— И уснула... Ну, чего сердишься, Альфонсо?

— Я не сержусь, но мне кажется оскорбительным, что ты так легкомысленно относишься к тому, что если еще и не дало, то даст мне славу! Ты уснула, потому что читала мой роман! Я так понимаю этот сон!

— Полно, Альфонсо! Твой роман я читала с большим наслаждением... Я приковалась к твоему роману. Я... я... Меня особенно поразила сцена, где молодой писатель, Альфонсо Зензега, застреливается из пистолета...

— Эта сцена не из этого романа, а из «Тысячи огней»!

— Да? Так какая же сцена поразила меня в этом романе? Ах, да... Я плакала на том месте, где русский маркиз Иван Ивановитш бросается из ее окна в реку... реку... Волгу.

— Ааааа... Гм!

— И утопает, благословляя виконтессу Ксению Петровну... Я была поражена...

— Почему же ты уснула, если была поражена?

— Мне так хотелось спать! Я ведь всю ночь прошлую не спала. Всю ночь напролет ты был так мил, что читал мне свой новый, хороший роман, а удовольствие слушать тебя я не могла променять на сон...

— Аааа... Гм... Понимаю! Дай мне есть!

— А разве ты еще не обедал?

— Нет.

— Ты же, уходя утром, сказал мне, что будешь сегодня обедать у редактора «Лиссабонских губернских ведомостей»?

— Да, я полагал, что мое стихотворение будет помещено в этих «Ведомостях», чтобы чёрт их взял!

— Неужели же не помещено?

— Нет...

— Это несчастие! С тех пор, как я стала твоей, я всей душой ненавижу редакторов! И ты голоден?

— Голоден.

— Бедняжка Альфонсо! И денег у тебя нет?

— Гм... Что за вопрос?! Ничего нет поесть?

— Нет, мой друг! Мать меня только покормила, а денег мне не дала.

— Гм...

Стул затрещал. Зинзага поднялся и зашагал... Пошагав немного и подумав, он почувствовал сильнейшее желание во что бы то ни стало убедить себя в том, что голод есть малодушие, что человек создан для борьбы с природой, что не единым хлебом сыт будет человек, что тот не артист, кто не голоден, и т. д., и, наверное, убедил бы себя, если бы, размышляя, не вспомнил, что рядом с ним, в 148 номере «Ядовитого лебедя», обитает художник-жанрист, итальянец, Франческо Бутронца, человек талантливый, кое-кому известный и, что так немаловажно под луной, обладающий уменьем, которого никогда не знал за собой Зинзага, — ежедневно обедать.

— Пойду к нему! — решил Зинзага и отправился к соседу.

Вошедши в 148 номер, Зинзага увидел сцену, которая привела его в восторг, как романиста, и ущемила за сердце, как голодного. Надежда пообедать в обществе Франческо Бутронца канула в воду, когда романист среди рамок, подрамников, безруких манекенов, мольбертов и стульев, увешанных полинялыми костюмами всех родов и веков, усмотрел своего друга, Франческо Бутронца... Франческо Бутронца, в шляпе a la Vandic и в костюме Петра Амьенского, стоял на табурете, неистово махал муштабелем и гремел. Он был более чем ужасен. Одна нога его стояла на табурете, другая на столе. Лицо его горело, глаза блестели, эспаньолка дрожала, волосы его стояли дыбом и каждую минуту, казалось, готовы были поднять его шляпу на воздух. В углу, прижавшись к статуе, изображающей безрукого, безносого, с большим угловатым отверстием на груди Аполлона, стояла жена горячего Франческо Бутронца, немочка Каролина, и с ужасом смотрела на лампу. Она была бледна и дрожала всем телом.

— Варвары! — гремел Бутронца. — Вы не любите, а душите искусство, чтобы чёрт вас взял! И я мог жениться на тебе, немецкая холодная кровь?! И я мог, глупец, свободного, как ветер, человека, орла, серну, одним словом, артиста, привязать к этому куску льда, сотканному из предрассудков и мелочей... Diablo!!! Ты — лед! Ты — деревянная, каменная говядина! Ты... ты дура! Плачь, несчастная, переваренная немецкая колбаса! Муж твой — артист, а не торгаш! Плачь, пивная бутылка! Это вы, Зинзага? Не уходите! Подождите! Я рад, что вы пришли... Посмотрите на эту женщину!

И Бутронца левой ногой указал на Каролину. Каролина заплакала.

— Полноте! — начал Зинзага. — Что вы ссоритесь, дон Бутронца? Что сделала вам донна Бутронца? Зачем вы доводите ее до слез? Вспомните вашу великую родину, дон Бутронца, вашу родину, страну, в которой поклонение красоте тесно связано с поклонением женщине! Вспомните!

— Я возмущен! — закричал Бутронца. — Вы войдите в мое положение! Я, как вам известно, принялся по предложению графа Барабанта-Алимонда за грандиозную картину... Граф просил меня изобразить ветхозаветную Сусанну... Я прошу ее, вот эту толстую немку, раздеться и стать мне на натуру, прошу с самого утра, ползаю на коленях, выхожу из себя, а она не хочет! Вы войдите в мое положение! Могу ли я писать без натуры?

— Я не могу! — зарыдала Каролина. — Ведь это неприлично!

— Видите? Видите? Это — оправдание, чёрт возьми?

— Я не могу! Честное слово, не могу! Велит мне раздеться да еще стать у окошка...

— Мне так нужно! Я хочу изобразить Сусанну при лунном свете! Лунный свет падает ей на грудь... Свет от факелов сбежавшихся фарисеев бьет ей в спину... Игра цветов! Я не могу иначе!

— Ради искусства, донна, — сказал Зинзага, — вы должны забыть не только стыдливость, но и все... чувства!..

— Не могу же я пересилить себя, дон Зинзага! Не могу же я стать у окна напоказ!

— Напоказ... Право, можно подумать, донна Бутронца, что вы боитесь глаз толпы, которая, так сказать, если смотреть на нее... Точка зрения искусства и разума, донна... такова, что...

И Зинзага сказал что-то такое, чего умному человеку нельзя ни в сказке сказать, ни пером написать, — что-то весьма приличное, но крайне непонятное.

Каролина замахала руками и забегала по комнате, как бы боясь, чтобы ее насильно не раздели.

— Я мою его кисти, палитры и тряпки, я пачкаю свои платья о его картины, я хожу на уроки, чтобы прокормить его, я шью для него костюмы, я выношу запах конопляного масла, стою по целым дням на натуре, всё делаю, но... голой? голой? — не могу!!!

— Я разведусь с тобой, рыжеволосая гарпигия! — крикнул Бутронца.

— Куда же мне деваться? — ахнула Каролина. — Дай мне денег, чтобы я могла доехать до Берлина, откуда ты увез меня, тогда и разводись!

— Хорошо! Кончу Сусанну и отправлю тебя в твою Пруссию, страну тараканов, испорченных колбас и трихины! — крикнул Бутронца, незаметно для самого себя толкая локтем в грудь Зинзагу. — Ты не можешь быть моей женой, если не можешь жертвовать собою для искусства! Вввв... Ррр... Диабло!

Каролина зарыдала, ухватилась за голову и опустилась на стул.

— Что ты делаешь? — заорал Бутронца. — Ты села на мою палитру!!

Каролина поднялась. Под ней действительно была палитра со свежеразведенными красками... О, боги! Зачем я не художник? Будь я художником, я дал бы Португалии великую картину! Зинзага махнул рукой и выскочил из 148 номера, радуясь, что он не художник, и скорбя всем сердцем, что он романист, которому не удалось пообедать у художника.

У дверей 147 номера его встретила бледная, встревоженная, дрожащая жилица 113 номера, жена будущего артиста королевских театров, Петра Петрученца-Петрурио.

— Что с вами? — спросил ее Зинзага.

— Ах, дон Зинзага! У нас несчастье! Что мне делать? Мой Петр ушибся!

— Как ушибся?

— Учился падать и ударился виском о сундук.

— Несчастный!

— Он умирает! Что мне делать?

— К доктору, донна!

— Но он не хочет доктора! Он не верит в медицину и к тому же… он всем докторам должен.

— В таком случае сходите в аптеку и купите свинцовой примочки. Эта примочка очень помогает при ушибах.

— А сколько стоит эта примочка?

— Дешево, очень дешево, донна.

— Благодарю вас. Вы всегда были хорошим другом моего Петра! У нас осталось еще немного денег, которые выручил он на любительском спектакле у графа Барабанта-Алимонда… Не знаю, хватит ли?.. Вы… вы не можете дать немного взаймы на эту оловянную примочку?

— Свинцовую, донна.

— Мы вам скоро отдадим.

— Не могу, донна. Я истратил свои последние деньги на покупку трех стоп бумаги.

— Прощайте!

— Будьте здоровы! — сказал Зинзага и поклонился.

Не успела отойти от него жена будущего артиста королевских театров, как он увидел пред собою жилицу 101 номера, супругу опереточного певца, будущего португальского Оффенбаха, виолончелиста и флейтиста Фердинанда Лай.

— Что вам угодно? — спросил он ее.

— Дон Зинзага, — сказала супруга певца и музыканта, ломая руки, — будьте так любезны, уймите моего буяна! Вы друг его… Может быть, вам удастся остановить его. С самого утра бессовестный человек дерет горло и своим пением жить мне не дает! Ребенку спать нельзя, а меня он просто на клочки рвет своим баритоном! Ради бога, дон Зинзага! Мне соседей даже стыдно за него… Верите ли? И соседские дети не спят по его милости. Пойдемте, пожалуйста! Может быть, вам удастся унять его как-нибудь.

— К вашим услугам, донна!

Зинзага подал жене певца и музыканта руку и отправился в 101 номер. В 101 номере между кроватью, занимающею половину, и колыбелью, занимающею четверть номера, стоял пюпитр. На пюпитре лежали пожелтевшие ноты, а в ноты глядел будущий португальский Оффенбах и пел. Трудно было сразу понять, что и как он пел. Только по вспотевшему, красному лицу его и по впечатлению, которое производил он на свои и чужие уши, можно было догадаться, что он пел и ужасно, и мучительно, и с остервенением. Видно было, что он пел и в то же время страдал. Он отбивал правой ногой и кулаком такт, причем поднимал высоко руку и ногу, постоянно сбивал с пюпитра ноты, вытягивал шею, щурил глаза, кривил рот, бил кулаком себя по животу... В колыбели лежал маленький человечек, который криком, визгом и писком аккомпанировал своему расходившемуся папаше.

— Дон Лай, не пора ли вам отдохнуть? — спросил Лая вошедший Зинзага.

Лай не слышал.

— Дон Лай, не пора ли вам отдохнуть? — повторил Зинзага.

— Уберите его отсюда! — пропел Лай и указал подбородком на колыбель.

— Что это вы разучиваете? — спросил Зинзага, стараясь перекричать Лая. — Что вы разу-чи-ва-ете?

Лай поперхнулся, замолк и уставил глаза на Зинзагу.

— Вам что угодно? — спросил он.

— Мне? Гм... Я... то есть... не пора ли вам отдохнуть?

— А вам какое дело?

— Но вы утомились, дон Лай! Что это вы разучиваете?

— Кантату, посвященную ее сиятельству графине Барабанта-Алимонда. Впрочем, вам какое дело?

— Но уже ночь... Пора, некоторым образом, спать...

— Я должен петь до десяти часов завтрашнего утра. Сон нам ничего не даст. Пусть спят те, кому угодно, а я для блага Португалии, а может быть и всего света, не должен спать.

— Но, мой друг, — вмешалась жена, — мне и ребенку нашему хочется спать! Ты так громко кричишь, что нет возможности не только спать, но даже сидеть в комнате!

— Коли захочешь, так заснешь!

Сказавши это, Лай ударил ногой такт и запел.

Зинзага заткнул уши и как сумасшедший выскочил из 101 номера. Пришедши в свой номер, он увидел умилительную картину. Его Амаранта сидела за столом и переписывала начисто одну из его повестей. Из ее больших глаз капали на черновую тетрадку крупные слезы.

— Амаранта! — крикнул он, хватая жену за руку. — Неужели жалкий герой моей жалкой повести мог тронуть тебя до слез? Неужели, Амаранта?

— Нет, я плачу не над твоим героем…

— Чего же? — спросил разочарованный Зинзага.

— Моя подруга, жена твоего друга-скульптора, Софья Фердрабантеро-Нератруц-Розга, разбила статую, которую готовил ее муж для поднесения графу Барабанта-Алимонда, и… не перенесла горя мужа… Отравилась спичками!

— Несчастная… статуя! О, жены, чтобы чёрт вас взял, вместе с вашими всезацепляющими шлейфами! Она отравилась? Чёрт возьми, тема для романа!!! Впрочем, мелка!.. Всё смертно на этом свете, мой друг… Не сегодня, так завтра, не завтра, так послезавтра, твоя подруга, всё одно, должна была умереть… Утри свои слезы и лучше, чем плакать, выслушай меня…

— Тема для нового романа? — спросила тихо Амаранта.

— Да…

— Не лучше ли будет, мой друг, если я выслушаю тебя завтра утром? Утром мозги свежей как-то…

— Нет, сегодня выслушай. Завтра мне будет некогда. Приехал в Лиссабон русский писатель Державин, и мне нужно будет завтра утром сделать ему визит. Он приехал вместе с твоим любимым… к сожалению, любимым, Виктором Гюго.

— Да?

— Да… Выслушай же меня!

Зинзага сел против Амаранты, откинул назад голову и начал:

— Место действия весь свет… Португалия, Испания, Франция, Россия, Бразилия и т. д. Герой в Лиссабоне узнаёт из газет о несчастии с героиней в Нью-Йорке. Едет. Его хватают пираты, подкупленные агентами Бисмарка. Героиня — агент Франции. В газетах намеки… Англичане. Секта поляков в Австрии и цыган в Индии. Интриги. Герой в тюрьме. Его хотят подкупить. Понимаешь? Далее…

Зинзага говорил увлекательно, горячо, махая руками, сверкая глазами… говорил долго, долго… ужасно долго!

Амаранта два раза засыпала и два раза просыпалась, на

улицах потушили фонари и взошло солнце, а он всё говорил. Пробило шесть часов, желудок Амаранты ущемила тоска по утреннем чае, а он всё говорил.

— Бисмарк подает в отставку, и герой, не желая долее скрывать своего имени, называет себя Альфонсо Зунзуга и умирает в страшных муках. Тихий ангел уносит в голубое небо его тихую душу...

Так кончил Зинзага, когда пробило семь часов.

— Ну? — спросил он Амаранту. — Что скажешь? Не находишь ли ты, что сцену между Альфонсо и Марией не пропустит цензура? А?

— Нет, сценка мила!

— Вообще хорошо? Ты говори откровенно. Ты женщина, а большинство моих читателей — женщины, потому мне необходимо знать твое мнение.

— Как тебе сказать? Мне кажется, что я твоего героя где-то уже встречала, не помню только, где именно...

— Не может быть!

— Право. С твоим героем я встречалась в одном романе, и, надо тебе сказать, в глупейшем романе! Когда читала этот роман, я удивлялась, как это могут печатать подобную чушь, а когда прочла его, то решила, что автор должен быть, по меньшей мере, глуп как пробка... Чушь печатают, а тебя мало печатают. Удивительно!

— Не припомнишь ли хотя название этого романа?

— Названия не помню, но имя героя помню. Это имя врезалось мне в память, потому что имеет в себе четыре «р» подряд... Глупое имя... Карррро!

— Не в романе ли «Сомнамбула среди океана»?

— Да, да, да, в этом самом. Как хорошо ты помнишь нашу литературу! В этом самом... Твой герой очень похож на Каррррро, но твой, разумеется, умней. Что с тобой, Альфонсо?

Альфонсо вскочил.

— «Сомнамбула среди океана» — мой роман!!! — крикнул он.

Амаранта покраснела.

— Значит, это мой роман глупейший, мой? — крикнул он так громко, что даже у Амаранты заболело горло. — Ах, ты, безмозглая утка! Так-то вы, сударыня, смотрите на мои произведения? Так-то, ослица? Проговорились? Больше меня уж вы не увидите! Прощайте! Гм… бррр… идиотка! Мой роман глупейший?! Граф Барабанта-Алимонда знал, что издавал!

Бросив презрительный взгляд на жену, Зинзага нахлобучил на глаза шляпу, хлопнул дверью и вышел из 147 номера.

Амаранта вздохнула, но не заплакала и в обморок не упала. Она знала, что Альфонсо Зинзага воротится в 147 номер, как бы сильно ни был сердит. Оставить навсегда 147 номер для романиста значит то же самое, что начать жить, а следовательно, и писать и иметь даровую переписчицу на лиссабонских бульварах, под голубым португальским небом. Это знала Амаранта и не сильно волновалась по уходе супруга. Она только вздохнула и принялась утешать себя. Обыкновенно после частых ссор с мужем она утешала себя чтением старого газетного листка, который хранился у нее в жестяной коробочке из-под монпансье, рядом с крошечной бутылочкой из-под духов. Старый газетный листок между объявлениями, телеграммами, политикой, хроникой и другими рук человеческих делами заключал в себе перл, известный в газетах под именем смеси. В этой смеси, под рассказом о том, как американец перехитрил американца и как известная певица мисс Дубадолла Свист съела бочку устриц и прошла, не замочив ботинок, Анды, помещался рассказец, весьма годный для утешения Амаранты и других жен артистов. Привожу дословно этот рассказ:

«Вниманию португальцев и их дочерей. В одном из городов Америки, открытой Христофором Колумбом, человеком крайне энергичным и отважным, жил-был себе доктор Таннер. Этот Таннер был более артистом в своем роде, чем ученым, а потому известен земному шару и Португалии не как ученый, а как артист в своем роде. Будучи американцем, он в то же самое время был и человеком, а если он был человеком, то рано или поздно он должен был влюбиться, что и сделал он однажды. Влюбился он в одну прекрасную американку, влюбился до безумия, как артист, влюбился до того, что однажды вместо aquae distillatae прописал argentum nitricum, — влюбился, предложил руку и женился. Жил он с прекрасной американкой на первых порах весьма счастливо, так счастливо, что медовый месяц тянулся, вопреки естеству этого месяца, не месяц, а шесть месяцев. Нет сомнения, что Таннер, будучи человеком ученым, а следовательно, и самым уживчивым, прожил бы с женой счастливо до самой могилы,

14

если бы не усмотрел за нею одного страшного порока. Порок madame Таннер заключался в том, что она ела по-человечески. Этот порок жены кольнул Таннера в самое сердце. «Я перевоспитаю ее!» — задал он себе задачу и начал развивать m-me Таннер. Сперва отучил он ее завтракать и ужинать, потом чай пить. Через год после свадьбы m-me Таннер приготовляла к обеду уже не четыре, а только одно блюдо, через два же года после подписания свадебного контракта она умела уже довольствоваться баснословным количеством пищи.

А именно, в одни сутки поедала и выпивала она следующее количество питательных веществ:

1 gr. солей

5 gr. белковых веществ

2 gr. жира

7 gr. воды (дистиллированной)

1/23 gr. венгерского вина.

Итого 151/23 гран.

Газов мы не считаем, потому что наука еще не в состоянии точно определять количеств потребляемых нами газов. Таннер торжествовал, но недолго. На четвертый год его брачной жизни его начала терзать мысль, что m-me Таннер поедает много белковых веществ. Он еще с большей энергией принялся за дрессировку и, пожалуй, достиг бы сокращения 5 гран до одного или нуля, если бы не почувствовал, что он разлюбил свою жену. Будучи эстетиком, он не мог не разлюбить своей жены. M-me Таннер, вместо того, чтобы до глубокой старости быть американской красавицей, вздумала ни с того ни с сего обратиться в подобие американской щепки, лишиться своих прекрасных форм и умственных способностей, чем и показала, что она хотя и годится еще для дальнейших дрессировок, но стала уже совершенно негодной для супружеской жизни. D-r Таннер потребовал развода. Явились в его дом ученые эксперты, осмотрели со всех сторон m-me Таннер, посоветовали ей ехать на воды, делать гимнастику, прописали ей диету и нашли требование своего уважаемого коллеги вполне законным. D-r Таннер дал своим коллегам-экспертам по доллару, угостил их хорошим завтраком и… с этих пор Таннер живет в одном месте, а жена его в другом. Печальная история! Женщины, как часто вы бываете причиною несчастий великих людей! Женщины, не вы ли виновницы того, что великие люди очень часто не оставляют после себя потомства? Португальцы, на вашей совести лежит воспитание ваших дочерей! Не делайте из ваших дочерей разорительниц домашних очагов и гнезд!! Мы кончили. Завтрашний номер, по случаю дня рождения редактора, не выйдет. Португальцы! Кто из вас не взнес подписных денег сполна, тот пусть поспешит доплатить!»

— Бедная m-me Таннер! — прошептала Амаранта, пробежав этот рассказец. — Бедная! Как она несчастлива! О, как я счастлива сравнительно с нею! Как я счастлива!

Амаранта, обрадованная тем, что есть на этом свете люди несчастнее ее, старательно сложила газетный лист, положила его в коробочку и, радуясь, что она не m-me Таннер, разделась и легла спать.

Спала она до тех пор, пока не разбудил ее ужаснейший голод в лице Альфонсо Зинзаги.

— Я хочу есть! — сказал Зинзага. — Оденься, моя дорогая, и ступай к своей madre за деньгами. A propos[6]: я извиняюсь перед тобой. Я был неправ. Я сейчас только узнал от русского писателя Державина, который приехал вместе с Лермантофф, другим русским писателем, что есть два романа, совершенно не похожие друг на друга и носящие одно и то же имя: «Сомнамбула среди океана». Иди, мой друг!

И Зинзага рассказал Амаранте, пока она одевалась, один случай, который он намерен описать, сказав между прочим, мимоходом, что описание этого, трогающего за душу и тело, случая потребует у нее некоторой жертвы.

— Жертва, мой друг, будет невелика! — сказал он. — Ты должна будешь писать это описание под мою диктовку, что отнимет у тебя не более семи-восьми часов, и переписать его начисто и между прочим, этак мимоходом, изложить на бумаге и свое мнение относительно всех моих произведений... Ты женщина, а большинство моих читателей составляют женщины...

Зинзага немножко солгал. Не большинство, а всех его читателей составляла одна только женщина, потому что Амаранта была не «женщины», а только всего «женщина».

— Согласна?

— Да, — сказала тихо Амаранта, побледнела и упала без чувств на растрепанный, вечно валяющийся, пыльный энциклопедический словарь...

— Удивительный народ эти женщины! — воскликнул Зинзага. — Прав был я, когда назвал женщину в «Тысяче огней» существом, которое вечно будет загадкой и удивлением для рода человеческого! Малейшая радость способна повалить ее на пол! О, женские нервы!

И счастливый Зинзага опустился на колено перед несчастной Амарантой и поцеловал ее в лоб...

Такие-то дела, читательницы!

Знаете что, девицы и вдовы? Не выходите вы замуж за этих артистов! «Цур им и пек, этим артистам!», как говорят хохлы. Лучше, девицы и вдовы, жить где-нибудь в табачной лавочке или продавать гусей на базаре, чем жить в самом лучшем номере «Ядовитого лебедя», с самым лучшим протеже графа Барабанта-Алимонда.

Право, лучше!

За двумя зайцами погонишься, ни одного не поймаешь

Пробило 12 часов дня, и майор Щелколобов, обладатель тысячи десятин земли и молоденькой жены, высунул свою плешивую голову из-под ситцевого одеяла и громко выругался. Вчера, проходя мимо беседки, он слышал, как молодая жена его, майорша Каролина Карловна, более чем милостиво беседовала со своим приезжим кузеном, называла своего супруга, майора Щелколобова, бараном и с женским легкомыслием доказывала, что она своего мужа не любила, не любит и любить не будет за его, Щелколобова, тупоумие, мужицкие манеры и наклонность к умопомешательству и хроническому пьянству. Такое отношение жены поразило, возмутило и привело в сильнейшее негодование майора. Он не спал целую ночь и целое утро. В голове у него кипела непривычная работа, лицо горело и было краснее вареного рака; кулаки судорожно сжимались, а в груди происходила такая возня и стукотня, какой майор и под Карсом не видал и не слыхал. Выглянув из-под одеяла на свет божий и выругавшись, он спрыгнул с кровати и, потрясая кулаками, зашагал по комнате.

— Эй, болваны! — крикнул он.

Затрещала дверь, и пред лицо майора предстал его камердинер, куафер и поломойка Пантелей, в одежонке с барского плеча и с щенком под мышкой. Он уперся о косяк двери и почтительно замигал глазами.

— Послушай, Пантелей, — начал майор, — я хочу с тобой поговорить по-человечески, как с человеком, откровенно. Стой ровней! Выпусти из кулака мух! Вот так! Будешь ли ты отвечать мне откровенно, от глубины души, или нет?

— Буду-с.

— Не смотри на меня с таким удивлением. На господ нельзя

смотреть с удивлением. Закрой рот! Какой же ты бык, братец! Не знаешь, как нужно вести себя в моем присутствии. Отвечай мне прямо, без запинки! Колотишь ли ты свою жену или нет?

Пантелей закрыл рот рукою и преглупо ухмыльнулся.

— Кажинный вторник, ваше в<ысокоблагороди>е! — пробормотал он и захихикал.

— Очень хорошо. Чего ты смеешься? Над этим шутить нельзя! Закрой рот! Не чешись при мне: я этого не люблю. (Майор подумал.) Я полагаю, братец, что не одни только мужики наказывают своих жен. Как ты думаешь относительно этого?

— Не одни, ваше в—е!

— Пример!

— В городе есть судья Петр Иваныч... Изволите знать? Я у них годов десять тому назад в дворниках состоял. Славный барин, в одно слово, то есть... а как подвыпимши, то бережись. Бывало, как придут подвыпимши, то и начнут кулачищем в бок барыню подсаживать. Штоб мне провалиться на ентом самом месте, коли не верите! Да и меня за конпанию ни с того ни с сего в бок, бывало, саданут. Бьют барыню да и говорят: «Ты, говорят, дура, меня не любишь, так я тебя, говорят, за это убить желаю и твоей жисти предел положить...»

— Ну, а она что?

— Простите, говорит.

— Ну? Ей-богу? Да это отлично!

И майор от удовольствия потер себе руки.

— Истинная правда-с, ваше в—е! Да как и не бить, ваше в—е? Вот, например, моя... Как не побить! Гармонийку ногой раздавила да барские пирожки поела... Нешто это возможно? Гм!..

— Да ты, болван, не рассуждай! Чего рассуждаешь? Ведь умного ничего не сумеешь сказать? Не берись не за свое дело! Что барыня делает?

— Спят.

— Ну, что будет, то будет! Поди, скажи Марье, чтобы разбудила барыню и просила ее ко мне... Постой!.. Как на твой взгляд? Я похож на мужика?

— Зачем вам походить, ваше в—е? Откудова это видно, штоб барин на мужика похож был? И вовсе нет!

Пантелей пожал плечами, дверь опять затрещала, и он вышел, а майор с озабоченной миной на лице начал умываться и одеваться.

— Душенька! — сказал одевшийся майор самым что ни на есть разъехидственным тоном вошедшей к нему хорошенькой двадцатилетней майорше, — не можешь ли ты уделить мне часок из твоего столь полезного для нас времени?

— С удовольствием, мой друг! — ответила майорша и подставила свой лоб к губам майора.

— Я, душенька, хочу погулять, по озеру покататься... Не можешь ли ты из своей прелестной особы составить мне приятнейшую компанию?

— А не жарко ли будет? Впрочем, изволь, папочка, я с удовольствием. Ты будешь грести, а я рулем править. Не взять ли нам с собой закусок? Я ужасно есть хочу...

— Я уже взял закуску, — ответил майор и ощупал в своем кармане плетку.

Через полчаса после этого разговора майор и майорша плыли на лодке к средине озера. Майор потел над веслами, а майорша управляла рулем. «Какова? Какова? Какова?» — бормотал майор, свирепо поглядывая на замечтавшуюся жену и горя от нетерпения. «Стой!» — забасил он, когда лодка достигла середины. Лодка остановилась. У майора побагровела физиономия и затряслись поджилки.

— Что с тобой, Аполлоша? — спросила майорша, с удивлением глядя на мужа.

— Так я, — забормотал он, — бааааран? Так я... я... кто я? Так я тупоумен? Так ты меня не любила и любить не будешь? Так ты... я...

Майор зарычал, простер вверх длани, потряс в воздухе плетью и в лодке... о tempora, o mores!.. поднялась страшная возня, такая возня, какую не только описать, но и вообразить едва ли возможно. Произошло то, чего не в состоянии изобразить даже художник, побывавший в Италии и обладающий самым пылким воображением... Не успел майор Щелколобов почувствовать отсутствие растительности на голове своей, не успела майорша воспользоваться вырванной из рук супруга плетью, как перевернулась лодка и...

В это время на берегу озера прогуливался бывший ключник

майора, а ныне волостной писарь Иван Павлович и, в ожидании того блаженного времени, когда деревенские молодухи выйдут на озеро купаться, посвистывал, покуривал и размышлял о цели своей прогулки. Вдруг он услышал раздирающий душу крик. В этом крике он узнал голос своих бывших господ. «Помогите!» — кричали майор и майорша. Писарь, не долго думая, сбросил с себя пиджак, брюки и сапоги, перекрестился трижды и поплыл на помощь к средине озера. Плавал он лучше, чем писал и разбирал писанное, а потому через какие-нибудь три минуты был уже возле погибавших. Иван Павлович подплыл к погибавшим и стал втупик.

«Кого спасать? — подумал он. — Вот черти!» Двоих спасать ему было совсем не под силу. Для него достаточно было и одного. Он скорчил на лице своем гримасу, выражавшую величайшее недоумение, и начал хвататься то за майора, то за майоршу.

— Кто-нибудь один! — сказал он. — Обоих вас куда мне взять? Что я, кашалот, что ли?

— Ваня, голубчик, спаси меня, — пропищала дрожащая майорша, держась за фалду майора, — меня спаси! Если меня спасешь, то я выйду за тебя замуж! Клянусь всем для меня святым! Ай, ай, я утопаю!

— Иван! Иван Павлович! По-рыцарски!.. того! — забасил, захлебываясь, майор. — Спаси, братец! Рубль на водку! Будь отцом-благодетелем, не дай погибнуть во цвете лет... Озолочу с ног до головы... Да ну же, спасай! Какой же ты, право... Женюсь на твоей сестре Марье... Ей-богу, женюсь! Она у тебя красавица. Майоршу не спасай, чёрт с ней! Не спасешь меня — убью, жить не позволю!

У Ивана Павловича закружилась голова, и он чуть-чуть не пошел ко дну. Оба обещания казались ему одинаково выгодными — одно другого лучше. Что выбирать? А время не терпит! «Спасу-ка обоих! — порешил он. — С двоих получать лучше, чем с одного. Вот это так, ей-богу. Бог не выдаст, свинья не съест. Господи благослови!» Иван Павлович перекрестился, схватил под правую руку майоршу, а указательным пальцем той же руки за галстух майора и поплыл, кряхтя, к берегу. «Ногами болтайте!» — командовал он, гребя левой рукой и мечтая о своей блестящей будущности. «Барыня — жена, майор — зять... Шик! Гуляй,

Ваня! Вот когда пирожных наемся да дорогие цыгары курить будем! Слава тебе, господи!» Трудно было Ивану Павловичу тянуть одной рукой двойную ношу и плыть против ветра, но мысль о блестящей будущности поддержала его. Он, улыбаясь и хихикая от счастья, доставил майора и майоршу на сушу. Велика была его радость. Но, увидев майора и майоршу, дружно вцепившихся друг в друга, он... вдруг побледнел, ударил себя кулаком по лбу, зарыдал и не обратил внимания на девок, которые, вылезши из воды, густою толпой окружали майора и майоршу и с удивлением посматривали на храброго писаря.

На другой день Иван Павлович, по проискам майора, был удален из волостного правления, а майорша изгнала из своих апартаментов Марью с приказом отправляться ей «к своему милому барину».

— О, люди, люди! — вслух произносил Иван Павлович, гуляя по берегу рокового пруда, — что же благодарностию вы именуете?

За яблочки

Между Понтом Эвксинским и Соловками, под соответственным градусом долготы и широты, на своем черноземе с давних пор обитает помещичек Трифон Семенович. Фамилия Трифона Семеновича длинна, как слово «естествоиспытатель», и происходит от очень звучного латинского слова, обозначающего единую из многочисленнейших человеческих добродетелей. Число десятин его чернозема есть 3000. Имение его, потому что оно имение, а он — помещик, заложено и продается. Продажа его началась еще тогда, когда у Трифона Семеновича лысины не было, тянется до сих пор и, благодаря банковскому легковерию да Трифона Семеновича изворотливости, ужасно плохо клеится. Банк этот когда-нибудь да лопнет, потому что Трифон Семенович, подобно себе подобным, имя коим легион, рубли взял, а процентов не платит, а если и платит кое-когда, то платит с такими церемониями, с какими добрые люди подают копеечку за упокой души и на построение. Если бы сей свет не был сим светом, а называл бы вещи настоящим их именем, то Трифона Семеновича звали бы не Трифоном Семеновичем, а иначе; звали бы его так, как зовут вообще лошадей да коров. Говоря откровенно, Трифон Семенович — порядочная таки скотина. Приглашаю его самого согласиться с этим. Если до него дойдет это приглашение (он иногда почитывает «Стрекозу»), то он, наверно, не рассердится, ибо он, будучи человеком понимающим, согласится со мною вполне, да, пожалуй, еще пришлет мне осенью от щедрот своих десяток антоновских яблочков за то, что я его длинной фамилии по миру не пустил, а ограничился на этот раз одними только именем и отчеством. Описывать все добродетели Трифона Семеновича я не стану: материя длинная. Чтобы вместить всего Трифона Семеновича с руками и ногами, нужно просидеть над писанием по крайней мере столько, сколько просидел Евгений Сю над своим толстым и длинным «Вечным жидом». Я не коснусь ни его плутней в преферансе, ни политики его, в силу которой он не платит ни долгов, ни процентов, ни его проделок над батюшкою и дьячком, ниже? прогулок его верхом по деревне в костюме времен Каина и Авеля, а ограничусь одной только сценкой, характеризующей его отношения к людям, в похвалу которых его тричетвертивековой опыт сочинил следующую скороговорку: «Мужички, простачки, чудачки, дурачки проигрались в дурачки».

В одно прекрасное во всех отношениях утро (дело происходило в конце лета) Трифон Семенович прогуливался по длинным и коротким аллеям своего роскошного сада. Всё, что вдохновляет господ поэтов, было рассыпано вокруг него щедрою рукою в огромном количестве и, казалось, говорило и пело: «На, бери, человече! Наслаждайся, пока еще не явилась осень!» Но Трифон Семенович не наслаждался, потому что он далеко не поэт, да и к тому же в это утро душа его с особенною жадностью вкушала хладный сон, как это делала она всегда, когда хозяин ее чувствовал себя в проигрыше. Позади Трифона Семеновича шествовал его верный вольнонаемник, Карпушка, старикашка лет шестидесяти, и посматривал по сторонам. Этот Карпушка своими добродетелями чуть ли не превосходит самого Трифона Семеновича. Он прекрасно чистит сапоги, еще лучше вешает лишних собак, обворовывает всех и вся и бесподобно шпионит. Вся деревня, с легкой руки писаря, величает его «опричником». Редкий день проходит без того, чтобы мужики и соседи не жаловались Трифону Семеновичу на нравы и обычаи Карпушки; но жалобы эти оставляются втуне, потому что Карпушка незаменим в хозяйстве Трифона Семеновича. Трифон Семенович, когда идет гулять, всегда берет с собою верного своего Карпа: и безопаснее и веселее. Карпушка носит в себе неистощимый источник разного рода россказней, прибауток, побасенок и обладает неумением молчать. Он всегда рассказывает что-нибудь и молчит только тогда, когда слушает что-нибудь интересное. В описываемое утро шел он позади своего барина и рассказывал ему длинную историю о том, как какие-то два гимназиста в белых картузах ехали с ружьями мимо сада и умоляли его, Карпушку, пустить их в сад поохотиться, как прельщали его эти два гимназиста полтинником, и как он, очень хорошо зная, кому служит, с негодованием отверг полтинник и спустил на гимназистов Каштана и Серка. Кончив эту историю, он начал было в ярких красках изображать возмутительный образ жизни деревенского фельдшера, но изображение не удалось, потому что до ушей Карпушки из чащи яблонь и груш донесся подозрительный шорох. Услышав шорох, Карпушка удержал свой язык, навострил уши и стал прислушиваться. Убедившись в том, что шорох есть и что этот шорох подозрителен, он дернул своего барина за полу и стрелой помчался по направлению к шороху. Трифон Семенович, предчувствуя скандальчик, встрепенулся, засеменил своими старческими ножками и побежал вслед за Карпушкой. И было зачем бежать...

На окраине сада, под старой ветвистой яблоней, стояла крестьянская девка и жевала; подле нее на коленях ползал молодой широкоплечий парень и собирал на земле сбитые ветром яблоки; незрелые он бросал в кусты, а спелые любовно подносил на широкой серой ладони своей Дульцинее. Дульцинея, по-видимому, не боялась за свой желудок и ела яблочки не переставая и с большим аппетитом, а парень, ползая и собирая, совершенно забыл про себя и имел в виду исключительно одну только Дульцинею.

— Да ты с дерева сорви! — подзадоривала шёпотом девка.

— Страшно.

— Чего страшно?! Опришник, небось, в кабаке...

Парень приподнялся, подпрыгнул, сорвал с дерева одно яблоко и подал его девке. Но парню и его девке, как и древле Адаму и Еве, не посчастливилось с этим яблочком. Только что девка откусила кусочек и подала этот кусочек парню, только что они оба почувствовали на языках своих жестокую кислоту, как лица их искривились, потом вытянулись, побледнели... не потому, что яблоко было кисло, а потому, что они увидели перед собою строгую физиономию Трифона Семеновича и злорадно ухмыляющуюся рожицу Карпушки.

— Здравствуйте, голубчики! — сказал Трифон Семенович, подходя к ним. — Что, яблочки кушаете? Я, бывает, вам не помешал?

Парень снял шапку и опустил голову. Девка начала рассматривать свой передник.

— Ну, как твое здоровье, Григорий? — обратился Трифон Семенович к парню. — Как живешь-можешь, паренек?

— Я только один, — пробормотал парень, — да и то с земли...

— Ну, а твое как здоровье, дуся? — спросил Трифон

Семенович девку.

Девка еще усерднее принялась за обзор своего передника.

— Ну, а свадьбы вашей еще не было?

— Нет еще.. Да мы, барин, ей-богу, только один, да и то… так…

— Хорошо, хорошо. Молодец. Ты читать умеешь?

— Не… Да ей-богу ж, барин, мы только вот один, да и то с земли.

— Читать ты не умеешь, а воровать умеешь. Что ж, и то слава богу. Знания за плечами не носить. А давно ты воровать начал?

— Да разве я воровал, што ли?

— Ну, а милая невеста твоя, — обратился к парню Карпушка, — чего это так жалостно призадумалась? Плохо любишь нешто?

— Молчи, Карп! — сказал Трифон Семенович. — А ну-ка, Григорий, расскажи нам сказку…

Григорий кашлянул и улыбнулся.

— Я, барин, сказок не знаю, — сказал он. — Да нешто мне яблоки ваши нужны, што ли? Коли я захочу, так и купить могу.

— Очень рад, милый, что у тебя денег много. Ну, расскажи же нам какую-нибудь сказку. Я послушаю, Карп послушает, вот твоя красавица-невеста послушает. Не конфузься, будь посмелей! Воровская душа должна быть смела. Не правда ли, мой друг?

И Трифон Семенович уставил свои ехидные глаза на попавшегося парня… У парня на лбу выступил пот.

— Вы, барин, заставьте-ка его лучше песню спеть. Где ему, дураку, сказки рассказывать? — продребезжал своим гаденьким тенорком Карпушка.

— Молчи, Карп, пусть сперва сказку расскажет. Ну, рассказывай же, милый!

— Не знаю.

— Неужели не знаешь? А воровать знаешь? Как читается восьмая заповедь?

— Да что вы меня спрашиваете? Разве я знаю? Да ей-богу-с, барин, мы только один яблок съели, да и то с земли…

— Читай сказку!

Карпушка начал рвать крапиву. Парень очень хорошо знал,

для чего это готовилась крапива. Трифон Семенович, подобно ему подобным, красиво самоуправничает. Вора он или запирает на сутки в погреб, или сечет крапивой, или же отпускает на свою волю, предварительно только раздев его донага... Это для вас ново? Но есть люди и места, для которых это обыденно и старо, как телега. Григорий косо посмотрел на крапиву, помялся, покашлял и начал не рассказывать сказку, а молоть сказку. Кряхтя, потея, кашляя, поминутно сморкаясь, начал он повествовать о том, как во время оно богатыри русские кощеев колотили да на красавицах женились. Трифон Семенович стоял, слушал и не спускал глаз с повествователя.

— Довольно! — сказал он, когда парень под конец уж совершенно замололся и понес чепуху. — Славно рассказываешь, но воруешь еще лучше. А ну-ка ты, красавица... — обратился он к девке, — прочти-ка «Отче наш»!

Красавица покраснела и едва слышно, чуть дыша, прочла «Отче наш».

— Ну, а как же читается восьмая заповедь?

— Да вы думаете, мы много брали, што ли? — ответил парень и отчаянно махнул рукой. — Вот вам крест, коли не верите!..

— Плохо, родимые, что вы заповедей не знаете. Надо вас поучить. Красавица, это он тебя научил воровать? Чего же ты молчишь, херувимчик? Ты должна отвечать. Говори же! Молчишь? Молчание — знак согласия. Ну, красавица, бей же своего красавца за то, что он тебя воровать научил!

— Не стану, — прошептала девка.

— Побей немножко. Дураков надо учить. Побей его, моя дуся! Не хочешь? Ну, так я прикажу Карпу да Матвею тебя немножко крапивой... Не хочешь?

— Не стану.

— Карп, подойди сюда!

Девка опрометью подлетела к парню и дала ему пощечину. Парень преглупо улыбнулся и заплакал.

— Молодец, красавица! А ну-ка еще за волоса! Возьмись-ка, моя дуся! Не хочешь? Карп, подойди сюда!

Девка взяла своего жениха за волосы.

— Ты не держись, ему так больней! Ты потаскай его!

Девка начала таскать. Карпушка обезумел от восторга,

заливался и дребезжал.

— Довольно, — сказал Трифон Семенович. — Спасибо тебе, дуся, за то, что зло покарала. А ну-ка, — обратился он к парню, — поучи-ка свою молодайку... То она тебя, а теперь ты ее...

— Выдумываете, барин, ей-богу... За что я ее буду бить?

— Как за что? Ведь она тебя била? И ты ее побей! Это ей принесет свою пользу. Не хочешь? Напрасно. Карп, крикни Матвея!

Парень плюнул, крякнул, взял в кулак косу своей невесты и начал карать зло. Карая зло, он, незаметно для самого себя, пришел в экстаз, увлекся и забыл, что он бьет не Трифона Семеновича, а свою невесту. Девка заголосила. Долго он ее бил. Не знаю, чем бы кончилась вся эта история, если бы из-за кустов не выскочила хорошенькая дочка Трифона Семеновича, Сашенька.

— Папочка, иди чай пить! — крикнула Сашенька и, увидав папочкину выходку, звонко захохотала.

— Довольно! — сказал Трифон Семенович. — Можете теперь идти, голубчики. Прощайте! К свадьбе яблочков пришлю.

И Трифон Семенович низко поклонился наказанным.

Парень и девка оправились и пошли. Парень пошел направо, а девка налево и... по сей день более не встречались. А не явись Сашенька, парню и девке, чего доброго, пришлось бы попробовать и крапивы... Вот как забавляет себя на старости лет Трифон Семенович. И семейка его тоже недалеко ушла от него. Его дочки имеют обыкновение гостям «низкого звания» пришивать к шапкам луковицы, а пьяным гостям того же звания — писать на спинах мелом крупными буквами: «асел» и «дурак». Сыночек же его, отставной подпоручик, Митя, как-то зимою превзошел и самого папашу: он вкупе с Карпушкой вымазал дегтем ворота одного отставного солдатика за то, что этот солдатик не захотел Мите подарить волчонка, и за то, что этот солдатик вооружает якобы своих дочек против пряников и конфект господина отставного подпоручика...

Называй после этого Трифона Семеновича — Трифоном Семеновичем!

Каникулярные работы институтки Наденьки N.

По русскому языку.

а) Пять примеров на «Сочетание предложений».

1) «Недавно Росия воевала с Заграницей, при чем много было убито турков».

2) «Железная дорога шипит, везет людей и зделана из железа и матерьялов».

3) «Говядина делается из быков и коров, баранина из овечек и баранчиков».

4) «Папу обошли на службе и не дали ему ордена, а он рассердился и вышел в отставку по домашним обстоятельствам».

5) «Я обожаю свою подругу Дуню Пешеморепереходященскую за то, что она прилежна и внимательна во время уроков и умеет представлять гусара Николая Спиридоныча».

б) Примеры на «Согласование слов».

1) «В великий пост священники и дьяконы не хотят венчать новобрачных».

2) «Мужики живут на даче зиму и лето, бьют лошадей, но ужасно не чисты, потому что закапаны дегтем и не нанимают горничных и швейцаров».

3) «Родители выдают девиц замуж за военных, которые имеют состояние и свой дом».

4) «Мальчик, почитай своих папу и маму — и за это ты будешь хорошеньким и будешь любим всеми людьми на свете».

5) «Он ахнуть не успел, как на него медведь насел».

в) Сочинение

«Как я провела каникулы?

Как только я выдержала экзамены, то сейчас же поехала с мамой, мебелью и братом Иоанном, учеником третьего класса гимназии, на дачу. К нам съехались: Катя Кузевич с мамой и папой, Зина, маленький Егорушка, Наташа и много других моих подруг, которые со мной гуляли и вышивали на свежем воздухе. Было много мужчин, но мы, девицы, держали себя в стороне и не обращали на них никакого внимания. Я прочла много книг и между прочим Мещерского, Майкова, Дюму, Ливанова, Тургенева и Ломоносова. Природа была в великолепии. Молодые деревья росли очень тесно, ничей топор еще не коснулся до их стройных стволов, не густая, но почти сплошная тень ложилась от мелких листьев на мягкую и тонкую траву, всю испещренную золотыми головками куриной слепоты, белыми точками лесных колокольчиков и малиновыми крестиками гвоздики (похищено из «Затишья» Тургенева). Солнце то восходило, то заходило. На том месте, где была заря, летела стая птиц. Где-то пастух пас свои стада и какие-то облака носились немножко ниже неба. Я ужасно люблю природу. Мой папа всё лето был озабочен: негодный банк ни с того ни с сего хотел продать наш дом, а мама всё ходила за папой и боялась, чтобы он на себя рук не наложил. А если же я и провела хорошо каникулы, так это потому, что занималась наукой и вела себя хорошо. Конец».

Арифметика.

Задача. Три купца взнесли для одного торгового предприятия капитал, на который, через год, было получено 8000 руб. прибыли. Спрашивается: сколько получил каждый из них, если первый взнес 35 000, второй 50 000, а третий 70 000?

Решение. Чтобы решить эту задачу, нужно сперва узнать, кто из них больше всех взнес, а для этого нужно все три числа повычитать одно из другого, и получим, следовательно, что третий купец взнес больше всех, потому что он взнес не 35 000 и не 50 000, а 70 000. Хорошо. Теперь узнаем, сколько из них каждый получил, а для этого разделим 8000 на три части так, чтоб самая большая часть пришлась третьему. Делим: 3 в восьми содержится 2 раза. 3×2=6. Хорошо. Вычтем 6 из восьми и получим 2. Сносим нолик. Вычтем 18 из 20 и получим еще раз 2. Сносим нолик и так далее до самого конца. Выйдет то, что мы получим 26662/3, которая и есть то, что требуется доказать, то есть каждый купец получил 26662/3 руб., а третий, должно быть, немножко больше».

Подлинность удостоверяет — Чехонте

Мой юбилей

Юноши и девы!

Три года тому назад я почувствовал присутствие того священного пламени, за которое был прикован к скале Прометей... И вот три года я щедрою рукою рассылаю во все концы моего обширного отечества свои произведения, прошедшие сквозь чистилище упомянутого пламени. Писал я прозой, писал стихами, писал на всякие меры, манеры и размеры, задаром и за деньги, писал во все журналы, но... увы!!!... мои завистники находили нужным не печатать моих произведений, а если и печатать, то непременно в «почтовых ящиках». Полсотни почтовых марок посеял я на «Ниве», сотню утопил в «Неве», с десяток пропалил на «Огоньке», пять сотен просадил на «Стрекозе». Короче: всех ответов из всех редакций получил я от начала моей литературной деятельности до сего дня ровно две тысячи! Вчера я получил последний из них, подобный по содержанию всем остальным. Ни в одном ответе не было даже и намека на «да». Юноши и девы! Материальная сторона каждой моей посылки в редакцию обходилась мне, по меньшей мере, в гривенник; следовательно, на литературное препровождение времени просадил я 200 руб. А ведь за 200 руб. можно купить лошадь! Доходов в год я имею 800 франков, только... Поймите!!! И я должен был голодать за то, что воспевал природу, любовь, женские глазки, за то, что пускал ядовитые стрелы в корыстолюбие надменного Альбиона; за то, что делился своим пламенем с... гг., писавшими мне ответы... Две тысячи ответов — двести с лишним рублей, и ни одного «да»! Тьфу! и вместе с тем поучительная материя. Юноши и девы! Праздную сегодня свой юбилей получения двухтысячного ответа, поднимаю бокал за окончание моей литературной деятельности и почиваю на лаврах. Или укажите мне на другого, получившего в три года столько же «нет», или становите меня на незыблемый пьедестал!

Папаша

Тонкая, как голландская сельдь, мамаша вошла в кабинет к толстому и круглому, как жук, папаше и кашлянула. При входе ее с колен папаши спорхнула горничная и шмыгнула за портьеру; мамаша не обратила на это ни малейшего внимания, потому что успела уже привыкнуть к маленьким слабостям папаши и смотрела на них с точки зрения умной жены, понимающей своего цивилизованного мужа.

— Пампушка, — сказала она, садясь на папашины колени, — я пришла к тебе, мой родной, посоветоваться. Утри свои губы, я хочу поцеловать тебя.

Папаша замигал глазами и вытер рукавом губы.

— Что тебе? — спросил он.

— Вот что, папочка... Что нам делать с нашим сыном?

— А что такое?

— А ты не знаешь? Боже мой! Как вы все, отцы, беспечны! Это ужасно! Пампушка, да будь же хоть отцом наконец, если не хочешь... не можешь быть мужем!

— Опять свое! Слышал тысячу раз уж!

Папаша сделал нетерпеливое движение, и мамаша чуть было не упала с колен папаши.

— Все вы, мужчины, таковы, не любите слушать правды.

— Ты про правду пришла рассказывать или про сына?

— Ну, ну, не буду... Пампуша, сын наш опять нехорошие отметки из гимназии принес.

— Ну, так что ж?

— Как что ж? Ведь его не допустят к экзамену! Он не перейдет в четвертый класс!

— Пускай не переходит. Невелика беда. Лишь бы учился да дома не баловался.

— Ведь ему, папочка, пятнадцать лет! Можно ли в таких летах быть в третьем классе? Представь, этот негодный арифметик опять ему вывел двойку... Ну, на что это похоже?

— Выпороть нужно, вот на что похоже.

Мамаша мизинчиком провела по жирным губам папаши, и ей показалось, что она кокетливо нахмурила бровки.

— Нет, пампушка, о наказаниях мне не говори... Сын наш не виноват... Тут интрига... Сын наш, нечего скромничать, так развит, что невероятно, чтобы он не знал какой-нибудь глупой арифметики. Он всё прекрасно знает, в этом я уверена!

— Шарлатан он, вот что-с! Ежели б поменьше баловался да побольше учился... Сядь-ка, мать моя, на стул... Не думаю, чтоб тебе удобно было сидеть на моих коленях.

Мамаша спорхнула с колен папаши, и ей показалось, что она лебединым шагом направилась к креслу.

— Боже, какое бесчувствие! — прошептала она, усевшись и закрыв глаза. — Нет, ты не любишь сына! Наш сын так хорош, так умен, так красив... Интрига, интрига! Нет, он не должен оставаться на второй год, я этого не допущу!

— Допустишь, коли негодяй скверно учится... Эх, вы, матери!.. Ну, иди с богом, а я тут кое-чем должен... позаняться...

Папаша повернулся к столу, нагнулся к какой-то бумажке и искоса, как собака на тарелку, посмотрел на портьеру.

— Папочка, я не уйду... я не уйду! Я вижу, что я тебе в тягость, но потерпи... Папочка, ты должен сходить к учителю арифметики и приказать ему поставить нашему сыну хорошую отметку... Ты ему должен сказать, что сын наш хорошо знает арифметику, что он слаб здоровьем, а потому и не может угождать всякому. Ты принудь учителя. Можно ли мужчине сидеть в третьем классе? Постарайся, пампуша! Представь, Софья Николаевна нашла, что сын наш похож на Париса!

— Для меня это очень лестно, но не пойду! Некогда мне шляться.

— Нет, пойдешь, папочка!

— Не пойду... Слово твердо... Ну, уходи с богом, душенька... Мне бы заняться нужно вот тут кое-чем...

— Пойдешь!

Мамаша поднялась и возвысила голос.

— Не пойду!

— Пойдешь!! — крикнула мамаша, — а если не пойдешь, если не захочешь пожалеть своего единственного сына, то...

Мамаша взвизгнула и жестом взбешенного трагика указала

на портьеру... Папаша сконфузился, растерялся, ни к селу ни к городу запел какую-то песню и сбросил с себя сюртук... Он всегда терялся и становился совершенным идиотом, когда мамаша указывала ему на его портьеру. Он сдался. Позвали сына и потребовали от него слова. Сынок рассердился, нахмурился, насупился и сказал, что он арифметику знает лучше самого учителя и что он не виноват в том, что на этом свете пятерки получаются одними только гимназистками, богачами да подлипалами. Он разрыдался и сообщил адрес учителя арифметики во всех подробностях. Папаша побрился, поводил у себя по лысине гребнем, оделся поприличнее и отправился «пожалеть единственного сына».

По обыкновению большинства папашей, он вошел к учителю арифметики без доклада. Каких только вещей не увидишь и не услышишь, вошедши без доклада! Он слышал, как учитель сказал своей жене: «Дорого ты стоишь мне, Ариадна!.. Прихоти твои не имеют пределов!» И видел, как учительша бросилась на шею к учителю и сказала: «Прости меня! Ты мне дешево стоишь, но я тебя дорого ценю!» Папаша нашел, что учительша очень хороша собой и что будь она совершенно одета, она не была бы так прелестна.

— Здравствуйте! — сказал он, развязно подходя к супругам и шаркая ножкой. Учитель на минуту растерялся, а учительша вспыхнула и с быстротою молнии шмыгнула в соседнюю комнату.

— Извините, — начал папаша с улыбочкой, — я, может быть, того... вас в некотором роде обеспокоил... Очень хорошо понимаю... Здоровы-с? Честь имею рекомендоваться... Не из безызвестных, как видите... Тоже служака... Ха-ха-ха! Да вы не беспокойтесь!

Г-н учитель чуточку, приличия ради, улыбнулся и вежливо указал на стул. Папаша повернулся на одной ножке и сел.

— Я, — продолжал он, показывая г. учителю свои золотые часы, — пришел с вами поговорить-с... Мм-да... Вы, конечно, меня извините... Я по-ученому выражаться не мастер. Наш брат, знаете ли, всё спроста... Ха-ха-ха! Вы в университете обучались?

— Да, в университете.

— Так-ссс!.. Н-ну, да... А сегодня тепло-с... Вы, Иван Федорыч, моему сынишке двоек там наставили... Мм... да... Но это ничего, знаете… Кто чего достоин… Ему же дань — дань, ему же урок — урок… Хе-хе-хе!.. Но, знаете ли, неприятно. Неужели мой сын плохо арифметику понимает?

— Как вам сказать? Не то, чтобы плохо, но, знаете ли, не занимается. Да, он плохо знает.

— Почему же он плохо знает?

Учитель сделал большие глаза.

— Как почему? — сказал он. — Потому, что плохо знает и не занимается.

— Помилуйте, Иван Федорыч! Сын мой превосходно занимается! Я сам с ним занимаюсь… Он ночи сидит… Он всё отлично знает… Ну, а что пошаливает… Ну, да ведь это молодость… Кто из нас не был молод? Я вас не обеспокоил?

— Помилуйте, что вы?.. Очень вам благодарен даже… Вы, отцы, такие редкие гости у нас, педагогов… Впрочем, это показывает на то, как вы сильно нам доверяете; а главное во всем — это доверие.

— Разумеется… Главное — не вмешиваемся… Значит, сын мой не перейдет в IV класс?

— Да. У него ведь не по одной только арифметике годовая двойка?

— Можно будет и к другим съездить. Ну, а насчет арифметики?.. Хххе!.. Исправите?

— Не могу-с! (Учитель улыбнулся.) Не могу-с!.. Я желал, чтобы сын ваш перешел, я старался всеми силами, но ваш сын не занимается, говорит дерзости… Мне несколько раз приходилось иметь с ним неприятности.

— М-молод… Что поделаешь?! Да вы уж переправьте на троечку!

— Не могу!

— Да ну, пустяки!.. Что вы мне рассказываете? Как будто бы я не знаю, что можно, чего нельзя. Можно, Иван Федорыч!

— Не могу! Что скажут другие двоечники? Несправедливо, как ни поверните дело. Ей-ей, не могу!

Папаша мигнул одним глазом.

— Можете, Иван Федорыч! Иван Федорыч! Не будем долго рассказывать! Не таково дело, чтобы о нем три часа балясы точить… Вы скажите мне, что вы по-своему, по-ученому, считаете справедливым? Ведь мы знаем, что такое ваша справедливость. Хе-хе-хе! Говорили бы прямо, Иван Федорыч, без экивок! Вы ведь с намерением поставили двойку... Где же тут справедливость?

Учитель сделал большие глаза и... только; а почему он не обиделся — это останется для меня навсегда тайною учительского сердца.

— С намерением, — продолжал папаша. — Вы гостя ожидали-с. Ха-хе-ха-хе!.. Что ж? Извольте-с!.. Я согласен... Ему же дань — дань... Понимаю службу, как видите... Как ни прогрессируйте там, а... все-таки, знаете... ммда... старые обычаи лучше всего, полезнее... Чем богат, тем и рад.

Папаша с сопеньем вытащил из кармана бумажник, и двадцатипятирублевка потянулась к кулаку учителя.

— Извольте-с!

Учитель покраснел, съежился и... только. Почему он не указал папаше на дверь — для меня останется навсегда тайной учительского сердца...

— Вы, — продолжал папаша, — не конфузьтесь... Ведь я понимаю... Кто говорит, что не берет, — тот берет... Кто теперь не берет? Нельзя, батенька, не брать... Не привыкли еще, значит? Пожалуйте-с!

— Нет, ради бога...

— Мало? Ну, больше дать не могу... Не возьмете?

— Помилуйте!..

— Как прикажете... Ну, а уж двоечку исправьте!.. Не так я прошу, как мать... Плачет, знаете ли... Сердцебиение там и прочее...

— Вполне сочувствую вашей супруге, но не могу.

— Если сын не перейдет в IV класс, то... что же будет?.. Ммда... Нет, уж вы переведите его!

— Рад бы, но не могу... Прикажете папиросу?

— Гранд мерси... Перевести бы не мешало... А в каком чине состоите?

— Титулярный... Впрочем, по должности VIII-го класса. Кгм!..

— Так-ссс... Ну, да мы с вами поладим... Единым почерком пера, а? идет? Хе-хе!..

— Не могу-с, хоть убейте, не могу!

Папаша немного помолчал, подумал и опять наступил на г. учителя. Наступление продолжалось еще очень долго.

Учителю пришлось раз двадцать повторить свое неизменное «не могу-с». Наконец папаша надоел учителю и стал больше невыносим. Он начал лезть целоваться, просил проэкзаменовать его по арифметике, рассказал несколько сальных анекдотов и зафамильярничал. Учителя затошнило.

— Ваня, тебе пора ехать! — крикнула из другой комнаты учительша. Папаша понял, в чем дело, и своею широкою фигуркой загородил г. учителю дверь. Учитель выбился из сил и начал ныть. Наконец ему показалось, что он придумал гениальнейшую вещь.

— Вот что, — сказал он папаше. — Я тогда только исправлю вашему сыну годовую отметку, когда и другие мои товарищи поставят ему по тройке по своим предметам.

— Честное слово?

— Да, я исправлю, если они исправят.

— Дело! Руку вашу! Вы не человек, а — шик! Я им скажу, что вы уже исправили. Идет девка за парубка! Бутылка шампанского за мной. Ну, а когда их можно застать у себя?

— Хоть сейчас.

— Ну, а мы, разумеется, будем знакомы? Заедете когда-нибудь на часок попросту?

— С удовольствием. Будьте здоровы!

— О ревуар! Хе-хе-хе-хмы!.. Ох, молодой человек, молодой человек!.. Прощайте!.. Вашим господам товарищам, разумеется, от вас поклон? Передам. Вашей супруге от меня почтительное резюме... Заходите же!

Папаша шаркнул ножкой, надел шляпу и улетучился.

«Славный малый, — подумал г. учитель, глядя вслед уходившему папаше. — Славный малый! Что у него на душе, то и на языке. Прост и добр, как видно... Люблю таких людей».

В тот же день вечером у папаши на коленях опять сидела мамаша (а уж после нее сидела горничная). Папаша уверял ее, что «сын наш» перейдет и что ученых людей не так уломаешь деньгами, как приятным обхождением и вежливеньким наступлением на горло.

Перед свадьбой

В четверг на прошлой неделе девица Подзатылкина в доме своих почтенных родителей была объявлена невестой коллежского регистратора Назарьева. Сговор сошел как нельзя лучше. Выпито было две бутылки ланинского шампанского, полтора ведра водки; барышни выпили бутылку лафита. Папаши и мамаши жениха и невесты плакали вовремя, жених и невеста целовались охотно; гимназист восьмого класса произнес тост со словами: «О tempora, o mores!» и «Salvete, boni futuri conjuges!» — произнес с шиком; рыжий Ванька Смысломалов, в ожидании вынутия жребия ровно ничего не делающий, в самый подходящий момент, в «самый раз» ударился в страшный трагизм, взъерошил волосы на своей большой голове, трахнул кулаком себя по колену и воскликнул: «Чёрт возьми, я любил и люблю ее!», чем и доставил невыразимое удовольствие девицам.

Девица Подзатылкина замечательна только тем, что ничем не замечательна. Ума ее никто не видал и не знает, а потому о нем — ни слова. Наружность у нее самая обыкновенная: нос папашин, подбородок мамашин, глаза кошачьи, бюстик посредственный. Играть на фортепьяне умеет, но без нот; мамаше на кухне помогает, без корсета не ходит, постного кушать не может, в уразумении буквы «?» видит начало и конец всех премудростей и больше всего на свете любит статных мужчин и имя «Роланд».

Господин Назарьев — мужчина роста среднего, лицо имеет белое, ничего не выражающее, волосы курчавые, затылок плоский. Где-то служит, жалованье получает тщедушное, едва на табак хватающее; вечно пахнет яичным мылом и карболкой, считает себя страшным волокитой, говорит громко, день и ночь удивляется; когда говорит — брызжет. Франтит, на родителей смотрит свысока и ни одну барышню не пропустит, чтобы не сказать ей: «Как вы наивны! Вы бы читали литературу!» Любит больше всего на свете свой почерк, журнал «Развлечение» и сапоги со скрипом, а наиболее всего самого себя, и в особенности в ту минуту, когда сидит в обществе девиц, пьет чай внакладку и с остервенением отрицает чертей.

Вот каковы девица Подзатылкина и господин Назарьев!

На другой день после сговора, утром, девица Подзатылкина, восстав от сна, была позвана кухаркой к мамаше. Мамаша, лежа на кровати, прочла ей следующую нотацию:

— С какой это стати ты нарядилась сегодня в шерстяное платье? Могла бы нонче и в барежевом походить. Голова-то как болит, ужасть! Вчера лысая образина, твой отец то есть, изволил пошутить. Нужны мне его шутки дурацкие! Подносит это мне что-то в рюмке… «Выпей», говорит. Думала, что в рюмке вино, — ну, и выпила, а в рюмке-то был уксус с маслом из-под селедок. Это он пошутил, пьяная образина! Срамить только, слюнявый, умеет! Меня сильно изумляет и удивляет, что ты вчера веселая была и не плакала. Чему рада была? Деньги нашла, что ли? Удивляюсь! Всякий и подумал, что ты рада родительский дом оставить. Оно, должно быть, так и выходит. Что? Любовь? Какая там любовь? И вовсе ты не по любви идешь за своего, а так, за чином его погналась! Что, разве неправда? То-то, что правда. А мне, мать моя, твой не нравится. Уж больно заносив и горделив. Ты его осади… Что-о-о-о? И не думай!.. Через месяц же драться будете: и он таковский, и ты таковская. Замужество только девицам одним нравится, а в нем ничего нет хорошего. Сама испытала, знаю. Поживешь — узнаешь. Не вертись так, у меня и без того голова кружится. Мужчины все дураки, с ними жить не очень-то сладко. И твой тоже дурак, хоть и высоко голову держит. Ты его не больно-то слушайся, не потакай ему во всем и не очень-то уважай: не за что. Обо всем мать спрашивай. Чуть что случится, так и иди ко мне. Сама без матери ничего не делай, боже тебя сохрани! Муж ничего доброго не посоветует, добру не научит, а всё норовит в свою пользу. Ты это знай! Отца также не больно слушай. К себе в дом не приглашай жить, а то ты, пожалуй, чего доброго, сдуру… и ляпнешь. Он так и норовит с вас стянуть что-нибудь. Будет у вас сидеть по целым дням, а на что он вам сдался? Водки будет просить да мужнин табак курить. Он скверный и вредный человек, хоть и отец тебе. Лицо-то у него, негодника, доброе, ну, а душа зато страсть какая ехидная! Занимать денег станет — не давайте, потому что он жулик, хоть он и тютюлярный советник. Вон он кричит, тебя зовет! Ступай к нему, да не говори ему того, что я тебе сейчас про него говорила. А то сейчас пристанет, изверг рода христианского, горой его положь! Ступай, покедова у меня сердце на месте!.. Враги вы мои! Умру, так попомните слова мои! Мучители!

Девица Подзатылкина оставила мать свою и отправилась к папаше, который сидел в это время у себя на кровати и посыпал свою подушку персидским порошком.

— Дочь моя! — сказал ей папаша. — Я очень рад, что ты намерена сочетаться с таким умным господином, как господин Назарьев. Очень рад и вполне одобряю сей брак. Выходи, дочь моя, и не страшись! Брак это такой торжественный факт, что... ну, да что там говорить? Живи, плодись и размножайся. Бог тебя благословит! Я... я... плачу. Впрочем, слезы ни к чему не ведут. Что такое слезы человеческие? Одна только малодушная психиатрия и больше ничего! Выслушай же, дочь моя, совет мой! Не забывай родителей своих! Муж для тебя не будет лучше родителей, право, не будет! Мужу нравится одна только твоя материальная красота, а нам ты вся нравишься. За что тебя будет любить муж твой? За характер? За доброту? За эмблему чувств? Нет-с! Он будет любить тебя за приданое твое. Ведь мы даем за тобой, душенька, не копейку какую-нибудь, а ровно тысячу рублей! Ты это понять должна! Господин Назарьев весьма хороший господин, но ты его не уважай паче отца. Он прилепится к тебе, но не будет истинным другом твоим. Будут моменты, когда он... Нет, умолчу лучше, дочь моя! Мать, душенька, слушай, но с осторожностью. Женщина она добрая, но двулично-вольнодумствующая, легкомысленная, жеманственная. Она благородная, честная особа, но... шут с ней! Она тебе того посоветовать не может, что советует тебе отец твой, бытия твоего виновник. В дом свой ее не бери. Мужья тещей не обожают. Я сам не любил своей тещи, так не любил, что неоднократно позволял себе подсыпать в ее кофей жженой пробочки, отчего выходили весьма презентабельные проферансы. Подпоручик Зюмбумбунчиков военным судом за тещу судился. Разве не помнишь сего факта? Впрочем, тебя еще тогда на свете не существовало. Главное во всем и везде отец. Это ты знай и одного его только и слушай. Потом, дочь моя... Европейская цивилизация породила в женском сословии ту оппозицию, что будто бы чем больше детей у особы, тем хуже. Ложь!

Баллада! Чем больше у родителей детей, тем лучше. Впрочем, нет! Не то! Совсем наоборот! Я ошибся, душенька. Чем меньше детей, тем лучше. Это я вчера читал в одной журналистике. Какой-то Мальтус сочинил. Так-то... Кто-то подъехал... Ба! Да это жених твой! С шиком, канашка, шельмец этакой! Ай да мужчина! Настоящий Вальтер Скотт! Пойди, душенька, прими его, а я пока оденусь.

Прикатил господин Назарьев. Невеста встретила его и сказала:

— Прошу садиться без церемоний!

Он шаркнул два раза правой ногой и сел возле невесты.

— Как вы поживаете? — начал он с обычною развязностью. — Как вам спалось? А я, знаете ли, всю ночь напролет не спал. Зола читал да о вас мечтал. Вы читали Зола? Неужели нет? Ай-я-яй! Да это преступление! Мне один чиновник дал. Шикарно пишет! Я вам прочитать дам. Ах! Когда бы вы могли понять! Я такие чувствую чувства, каких вы никогда не чувствовали! Позвольте вас чмокнуть!

Господин Назарьев привстал и поцеловал нижнюю губу девицы Подзатылкиной.

— А где ваши? — продолжал он еще развязнее. — Мне их повидать надо. Я на них, признаться, немножко сердит. Они меня здорово надули. Вы заметьте... Ваш папаша говорили мне, что оне надворный советник, а оказывается теперь, что оне всего только титулярный. Гм!.. Разве так можно? Потом-с... Оне обещали дать за вами полторы тысячи, а маменька ваша вчера сказали мне, что больше тысячи я не получу. Разве это не свинство? Черкесы кровожадный народ, да и то так не делают. Я не позволю себя надувать! Всё делай, но самолюбия и самозабвения моих не трогай! Это не гуманно! Это не рационально! Я честный человек, а потому не люблю нечестных! У меня всё можно, но не хитри, не язви, а делай так, как совесть у человека! Так-то! У них и лица какие-то невежественные! Что это за лица? Это не лица! Вы меня извините, но родственных чувств я к ним не чувствую. Вот как повенчаемся, так мы их приструним. Нахальства и варварства не люблю! Я хоть и не скептик и не циник, а все-таки в образовании толк понимаю. Мы их приструним! Мои родители у меня давно уж ни гу-гу. Что, вы уж пили кофей? Нет? Ну, так и я с вами напьюсь. Пойдите мне на папироску принесите, а то я свой табак дома забыл.

Невеста вышла.

Это перед свадьбой... А что будет после свадьбы, я полагаю, известно не одним только пророкам да сомнамбулам.

По-американски

Имея сильнейшее поползновение вступить в самый законнейший брак и памятуя, что никакой брак без особы пола женского не обходится, я имею честь, счастие и удовольствие покорнейше просить вдов и девиц обратить свое благосклонное внимание на нижеследующее:

Я мужчина — это прежде всего. Это очень важно для барынь, разумеется. 2 аршина 8 вершков роста. Молод. До пожилых лет мне далеко, как кулику до Петрова дня. Знатен. Некрасив, но и недурен, и настолько недурен, что неоднократно в темноте по ошибке за красавца принимаем был. Глаза имею карие. На щеках (увы!) ямочек не имеется. Два коренных зуба попорчены. Элегантными манерами похвалиться не могу, но в крепости мышц своих никому сомневаться не позволю. Перчатки ношу № 7?. Кроме бедных, но благородных родителей, ничего не имею. Впрочем, имею блестящую будущность. Большой любитель хорошеньких вообще и горничных в особенности. Верю во всё. Занимаюсь литературой и настолько удачно, что редко проливаю слезы над почтовым ящиком «Стрекозы». Имею в будущем написать роман, в котором главной героиней (прекрасной грешницей) будет моя супруга. Сплю 12 часов в сутки. Ем варварски много. Водку пью только в компании. Имею хорошее знакомство. Знаком с двумя литераторами, одним стихотворцем и двумя дармоедами, поучающими человечество на страницах «Русской газеты». Любимые мои поэты Пушкарев и иногда я сам. Влюбчив и не ревнив. Хочу жениться по причинам, известным одному только мне да моим кредиторам. Вот каков я! А вот какова должна быть и моя невеста:

Вдова или девица (это как ей угодно будет) не старше 30 и не моложе 15 лет. Не католичка, т. е. знающая, что на сем свете нет непогрешимых, и во всяком случае не еврейка. Еврейка всегда будет спрашивать: «А почем ты за строчку пишешь? А отчего ты к папыньке не сходил, он бы тебя наживать деньги науцил?», а я этого не люблю. Блондинка с голубыми глазами и (пожалуйста, если можно) с черными бровями. Не бледна, не красна, не худа, не полна, не высока, не низка, симпатична, не одержима бесами, не стрижена, не болтлива и домоседка. Она должна:

Иметь хороший почерк, потому что я нуждаюсь в переписчице. Работы по переписке мало.

Любить журналы, в которых я сотрудничаю, и в жизни своей направления оных придерживаться.

Не читать «Развлечения», «Еженедельного Нового времени», «Нана», не умиляться передовыми статьями «Московских ведомостей» и не падать в обморок от таковых же статей «Берега».

Уметь: петь, плясать, читать, писать, варить, жарить, поджаривать, нежничать, печь (но не распекать), занимать мужу деньги, со вкусом одеваться на собственные средства (NB) и жить в абсолютном послушании.

Не уметь: зудеть, шипеть, пищать, кричать, кусаться, скалить зубы, бить посуду и делать глазки друзьям дома.

Помнить, что рога не служат украшением человека и что чем короче они, тем лучше и безопаснее для того, которому с удовольствием будет заплачено за рога.

Не называться Матреной, Акулиной, Авдотьей и другими сим подобными вульгарными именами, а называться как-нибудь поблагороднее (например, Олей, Леночкой, Маруськой, Катей, Липой и т. п.).

Иметь свою маменьку, сиречь мою глубокоуважаемую тещу, от себя за тридевять земель (а то, в противном случае, за себя не ручаюсь) и

Иметь minimum 200 000 рублей серебром.

Впрочем, последний пункт можно изменить, если это будет угодно моим кредиторам.

Тысяча одна страсть, или Страшная ночь

Посвящаю Виктору Гюго

На башне св. Ста сорока шести мучеников пробила полночь. Я задрожал. Настало время. Я судорожно схватил Теодора за руку и вышел с ним на улицу. Небо было темно, как типографская тушь. Было темно, как в шляпе, надетой на голову. Темная ночь — это день в ореховой скорлупе. Мы закутались в плащи и отправились. Сильный ветер продувал нас насквозь. Дождь и снег — эти мокрые братья — страшно били в наши физиономии. Молния, несмотря на зимнее время, бороздила небо по всем направлениям. Гром, грозный, величественный спутник прелестной, как миганье голубых глаз, быстрой, как мысль, молнии, ужасающе потрясал воздух. Уши Теодора засветились электричеством. Огни св. Эльма с треском пролетали над нашими головами. Я взглянул наверх. Я затрепетал. Кто не трепещет пред величием природы? По небу пролетело несколько блестящих метеоров. Я начал считать их и насчитал 28. Я указал на них Теодору.

— Нехорошее предзнаменование! — пробормотал он, бледный, как изваяние из каррарского мрамора.

Ветер стонал, выл, рыдал... Стон ветра — стон совести, утонувшей в страшных преступлениях. Возле нас громом разрушило и зажгло восьмиэтажный дом. Я слышал вопли, вылетавшие из него. Мы прошли мимо. До горевшего ли дома мне было, когда у меня в груди горело полтораста домов? Где-то в пространстве заунывно, медленно, монотонно звонил колокол. Была борьба стихий. Какие-то неведомые силы, казалось, трудились над ужасающею гармониею стихии. Кто эти силы? Узнает ли их когда-нибудь человек?

Пугливая, но дерзкая мечта!!!

Мы крикнули кошэ. Мы сели в карету и помчались. Кошэ — брат ветра. Мы мчались, как смелая мысль мчится в таинственных извилинах мозга. Я всунул в руку кошэ кошелек с золотом. Золото помогло бичу удвоить быстроту лошадиных ног.

— Антонио, куда ты меня везешь? — простонал Теодор. — Ты смотришь злым гением… В твоих черных глазах светится ад… Я начинаю бояться…

Жалкий трус!! Я промолчал. Он любил ее. Она любила страстно его… Я должен был убить его, потому что любил больше жизни ее. Я любил ее и ненавидел его. Он должен был умереть в эту страшную ночь и заплатить смертью за свою любовь. Во мне кипели любовь и ненависть. Они были вторым моим бытием. Эти две сестры, живя в одной оболочке, производят опустошение: они — духовные вандалы.

— Стой! — сказал я кошэ, когда карета подкатила к цели.

Я и Теодор выскочили. Из-за туч холодно взглянула на нас луна. Луна — беспристрастный, молчаливый свидетель сладостных мгновений любви и мщения. Она должна была быть свидетелем смерти одного из нас. Пред нами была пропасть, бездна без дна, как бочка преступных дочерей Даная. Мы стояли у края жерла потухшего вулкана. Об этом вулкане ходят в народе страшные легенды. Я сделал движение коленом, и Теодор полетел вниз, в страшную пропасть. Жерло вулкана — пасть земли.

— Проклятие!!! — закричал он в ответ на мое проклятие.

Сильный муж, ниспровергающий своего врага в кратер вулкана из-за прекрасных глаз женщины, — величественная, грандиозная и поучительная картина! Недоставало только лавы!

Кошэ. Кошэ — статуя, поставленная роком невежеству. Прочь рутина! Кошэ последовал за Теодором. Я почувствовал, что в груди у меня осталась одна только любовь. Я пал лицом на землю и заплакал от восторга. Слезы восторга — результат божественной реакции, производимой в недрах любящего сердца. Лошади весело заржали. Как тягостно быть не человеком! Я освободил их от животной, страдальческой жизни. Я убил их. Смерть есть и оковы и освобождение от оков.

Я зашел в гостиницу «Фиолетового гиппопотама» и выпил пять стаканов доброго вина.

Через три часа после мщения я был у дверей ее квартиры. Кинжал, друг смерти, помог мне по трупам добраться до ее дверей. Я стал прислушиваться. Она не спала. Она мечтала. Я слушал. Она молчала. Молчание длилось часа четыре. Четыре часа для влюбленного — четыре девятнадцатых столетия! Наконец она позвала горничную. Горничная прошла мимо меня. Я демонически взглянул на нее. Она уловила мой взгляд. Рассудок оставил ее. Я убил ее. Лучше умереть, чем жить без рассудка.

— Анета! — крикнула она. — Что это Теодор нейдет? Тоска грызет мое сердце. Меня душит какое-то тяжелое предчувствие. О, Анета! сходи за ним. Он наверно кутит теперь вместе с безбожным, ужасным Антонио!.. Боже, кого я вижу?! Антонио!

Я вошел к ней. Она побледнела.

— Подите прочь! — закричала она, и ужас исказил ее благородные, прекрасные черты.

Я взглянул на нее. Взгляд есть меч души. Она пошатнулась. В моем взгляде она увидела всё: и смерть Теодора, и демоническую страсть, и тысячу человеческих желаний... Поза моя — было величие. В глазах моих светилось электричество. Волосы мои шевелились и стояли дыбом. Она видела пред собою демона в земной оболочке. Я видел, что она залюбовалась мной. Часа четыре продолжалось гробовое молчание и созерцание друг друга. Загремел гром, и она пала мне на грудь. Грудь мужчины — крепость женщины. Я сжал ее в своих объятиях. Оба мы крикнули. Кости ее затрещали. Гальванический ток пробежал по нашим телам. Горячий поцелуй...

Она полюбила во мне демона. Я хотел, чтобы она полюбила во мне ангела. «Полтора миллиона франков отдаю бедным!» — сказал я. Она полюбила во мне ангела и заплакала. Я тоже заплакал. Что это были за слезы!!! Через месяц в церкви св. Тита и Гортензии происходило торжественное венчание. Я венчался с ней. Она венчалась со мной. Бедные нас благословляли! Она упросила меня простить врагов моих, которых я ранее убил. Я простил. С молодою женой я уехал в Америку. Молодая любящая жена была ангелом в девственных лесах Америки, ангелом, пред которым склонялись львы и тигры. Я был молодым тигром. Через три года после нашей свадьбы старый Сам носился уже с курчавым мальчишкой. Мальчишка был более похож на мать, чем на меня. Это меня злило. Вчера у меня родился второй сын... и сам я от радости повесился... Второй мой мальчишка протягивает ручки к читателям и просит их не верить его папаше, потому что у его папаши не было не только детей, но даже и жены. Папаша его боится женитьбы, как огня. Мальчишка мой не лжет. Он младенец. Ему верьте. Детский возраст — святой возраст. Ничего этого никогда не было... Спокойной ночи!

Что чаще всего встречается в романах, повестях и т. п.

Граф, графиня со следами когда-то бывшей красоты, сосед-барон, литератор-либерал, обедневший дворянин, музыкант-иностранец, тупоумные лакеи, няни, гувернантки, немец-управляющий, эсквайр и наследник из Америки. Лица некрасивые, но симпатичные и привлекательные. Герой — спасающий героиню от взбешенной лошади, сильный духом и могущий при всяком удобном случае показать силу своих кулаков.

Высь поднебесная, даль непроглядная, необъятная... непонятная, одним словом: природа!!!

Белокурые друзья и рыжие враги.

Богатый дядя, либерал или консерватор, смотря по обстоятельствам. Не так полезны для героя его наставления, как смерть.

Тетка в Тамбове.

Доктор с озабоченным лицом, подающий надежду на кризис; часто имеет палку с набалдашником и лысину. А где доктор, там ревматизм от трудов праведных, мигрень, воспаление мозга, уход за раненым на дуэли и неизбежный совет ехать на воды.

Слуга — служивший еще старым господам, готовый за господ лезть куда угодно, хоть в огонь. Остряк замечательный.

Собака, не умеющая только говорить, попка и соловей.

Подмосковная дача и заложенное имение на юге.

Электричество, в большинстве случаев ни к селу ни к городу приплетаемое.

Портфель из русской кожи, китайский фарфор, английское седло, револьвер, не дающий осечки, орден в петличке, ананасы, шампанское, трюфели и устрицы.

Нечаянное подслушиванье как причина великих открытий.

Бесчисленное множество междометий и попыток употребить кстати техническое словцо.

Тонкие намеки на довольно толстые обстоятельства.

Очень часто отсутствие конца.

Семь смертных грехов в начале и свадьба в конце.
Конец.

Письмо к учёному соседу

Дорогой Соседушка.

Максим... (забыл как по батюшке, извените великодушно!) Извените и простите меня старого старикашку и нелепую душу человеческую за то, что осмеливаюсь Вас беспокоить своим жалким письменным лепетом. Вот уж целый год прошел как Вы изволили поселиться в нашей части света по соседству со мной мелким человечиком, а я всё еще не знаю Вас, а Вы меня стрекозу жалкую не знаете. Позвольте ж драгоценный соседушка хотя посредством сих старческих гиероглифоф познакомиться с Вами, пожать мысленно Вашу ученую руку и поздравить Вас с приездом из Санкт-Петербурга в наш недостойный материк, населенный мужиками и крестьянским народом т. е. плебейским элементом. Давно искал я случая познакомиться с Вами, жаждал, потому что наука в некотором роде мать наша родная, всё одно как и цивилизацыя и потому что сердечно уважаю тех людей, знаменитое имя и звание которых, увенчанное ореолом популярной славы, лаврами, кимвалами, орденами, лентами и аттестатами гремит как гром и молния по всем частям вселенного мира сего видимого и невидимого т. е. подлунного. Я пламенно люблю астрономов, поэтов, метафизиков, приват-доцентов, химиков и других жрецов науки, к которым Вы себя причисляете чрез свои умные факты и отрасли наук, т. е. продукты и плоды. Говорят, что вы много книг напечатали во время умственного сидения с трубами, градусниками и кучей заграничных книг с заманчивыми рисунками. Недавно заезжал в мои жалкие владения, в мои руины и развалины местный максимус понтифекс отец Герасим и со свойственным ему фанатизмом бранил и порицал Ваши мысли и идеи касательно человеческого происхождения и других явлений мира видимого и восставал и горячился против Вашей умственной сферы и мыслительного горизонта покрытого светилами и аэроглитами. Я не согласен с о. Герасимом касательно Ваших умственных идей, потому что живу и питаюсь одной только наукой, которую Провидение дало роду человеческому для вырытия из недр мира видимого и невидимого драгоценных металлов, металоидов и бриллиантов, но все-таки простите меня, батюшка, насекомого еле видимого, если я осмелюсь опровергнуть по-стариковски некоторые Ваши идеи касательно естества природы. О. Герасим сообщил мне, что будто Вы сочинили сочинение, в котором изволили изложить не весьма существенные идеи на щот людей и их первородного состояния и допотопного бытия. Вы изволили сочинить что человек произошел от обезьянских племен мартышек орангуташек и т. п. Простите меня старичка, но я с Вами касательно этого важного пункта не согласен и могу Вам запятую поставить. Ибо, если бы человек, властитель мира, умнейшее из дыхательных существ, происходил от глупой и невежественной обезьяны то у него был бы хвост и дикий голос. Если бы мы происходили от обезьян, то нас теперь водили бы по городам Цыганы на показ и мы платили бы деньги за показ друг друга, танцуя по приказу Цыгана или сидя за решеткой в зверинце. Разве мы покрыты кругом шерстью? Разве мы не носим одеяний, коих лишены обезьяны? Разве мы любили бы и не презирали бы женщину, если бы от нее хоть немножко пахло бы обезьяной, которую мы каждый вторник видим у Предводителя Дворянства? Если бы наши прародители происходили от обезьян, то их не похоронили бы на христианском кладбище; мой прапрадед например Амвросий, живший во время оно в царстве Польском, был погребен не как обезьяна, а рядом с абатом католическим Иоакимом Шостаком, записки коего об умеренном климате и неумеренном употреблении горячих напитков хранятся еще доселе у брата моего Ивана (Маиора). Абат значит католический поп. Извените меня неука за то, что мешаюсь в Ваши ученые дела и толкую посвоему по старчески и навязываю вам свои дикообразные и какие-то аляповатые идеи, которые у ученых и цивилизованных людей скорей помещаются в животе чем в голове. Не могу умолчать и не терплю когда ученые неправильно мыслят в уме своем и не могу не возразить Вам. О. Герасим сообщил мне, что Вы неправильно мыслите об луне т. е. об месяце, который заменяет нам солнце в часы мрака и темноты, когда люди спят, а Вы проводите электричество с места на место и фантазируете. Не смейтесь над стариком за то что так глупо

52

пишу. Вы пишете, что на луне т. е. на месяце живут и обитают люди и племена. Этого не может быть никогда, потому что если бы люди жили на луне то заслоняли бы для нас магический и волшебный свет ее своими домами и тучными пастбищами. Без дождика люди не могут жить, а дождь идет вниз на землю, а не вверх на луну. Люди живя на луне падали бы вниз на землю, а этого не бывает. Нечистоты и помои сыпались бы на наш материк с населенной луны. Могут ли люди жить на луне, если она существует только ночью, а днем исчезает? И правительства не могут дозволить жить на луне, потому что на ней по причине далекого расстояния и недосягаемости ее можно укрываться от повинностей очень легко. Вы немножко ошиблись. Вы сочинили и напечатали в своем умном сочении, как сказал мне о. Герасим, что будто бы на самом величайшем светиле, на солнце, есть черные пятнушки. Этого не может быть, потому что этого не может быть никогда. Как Вы могли видеть на солнце пятны, если на солнце нельзя глядеть простыми человеческими глазами, и для чего на нем пятны, если и без них можно обойтиться? Из какого мокрого тела сделаны эти самые пятны, если они не сгорают? Может быть по-вашему и рыбы живут на солнце? Извените меня дурмана ядовитого, что так глупо съострил! Ужасно я предан науке! Рубль сей парус девятнадцатого столетия для меня не имеет никакой цены, наука его затемнила у моих глаз своими дальнейшими крылами. Всякое открытие терзает меня как гвоздик в спине. Хотя я невежда и старосветский помещик, а все же таки негодник старый занимаюсь наукой и открытиями, которые собственными руками произвожу и наполняю свою нелепую головешку, свой дикий череп мыслями и комплектом величайших знаний. Матушка природа есть книга, которую надо читать и видеть. Я много произвел открытий своим собственным умом, таких открытий, каких еще ни один реформатор не изобретал. Скажу без хвастовства, что я не из последних касательно образованности, добытой мозолями, а не богатством родителей т. е. отца и матери или опекунов, которые часто губят детей своих посредством богатства, роскоши и шестиэтажных жилищ с невольниками и электрическими позвонками. Вот что мой грошовый ум открыл. Я открыл, что наша великая огненная лучистая хламида солнце в день Св. Пасхи рано утром занимательно и живописно играет разноцветными цветами и производит своим чудным мерцанием игривое впечатление. Другое открытие. Отчего зимою день короткий, а ночь длинная, а летом наоборот? День зимою оттого короткий, что подобно всем прочим предметам видимым и невидимым от холода сжимается и оттого, что солнце рано заходит, а ночь от возжения светильников и фонарей расширяется, ибо согревается. Потом я открыл еще, что собаки весной траву кушают подобно овцам и что кофей для полнокровных людей вреден, потому что производит в голове головокружение, а в глазах мутный вид и тому подобное прочее. Много я сделал открытий и кроме этого хотя и не имею аттестатов и свидетельств. Приежжайте ко мне дорогой соседушко, ейбогу. Откроем что-нибудь вместе, литературой займемся и Вы меня поганенького вычислениям различным поучите.

Я недавно читал у одного Французского ученого, что львиная морда совсем не похожа на человеческий лик, как думают ученыи. И насщот этого мы поговорим. Приежжайте, сделайте милость. Приежжайте хоть завтра например. Мы теперь постное едим, но для Вас будим готовить скоромное. Дочь моя Наташенька просила Вас, чтоб Вы с собой какие-нибудь умные книги привезли. Она у меня эманципе, все у ней дураки, только она одна умная. Молодеж теперь я Вам скажу дает себя знать. Дай им бог! Через неделю ко мне прибудет брат мой Иван (Маиор), человек хороший но между нами сказать, Бурбон и наук не любит. Это письмо должен Вам доставить мой ключник Трофим ровно в 8 часов вечера. Если же привезет его пожже, то побейте его по щекам, по профессорски, нечего с этим племенем церемониться. Если доставит пожже, то значит в кабак анафема заходил. Обычай ездить к соседям не нами выдуман не нами и окончится, а потому непременно приежжайте с машинками и книгами. Я бы сам к Вам поехал, да конфузлив очень и смелости не хватает. Извените меня негодника за беспокойство.

Остаюсь уважающий Вас Войска Донского отставной урядник из дворян, ваш сосед

Василий Семи-Булатов.

Also available from JiaHu Books:

Русланъ и Людмила — А. С. Пушкин - 9781909669000

Евгеній Онѣгинъ — А. С. Пушкин — 9781909669017

Пиковая дама, Медный всадник, Цыганы — А. С. Пушкин — 9781784350116

Капитанская дочка — А. С. Пушкин — 9781784350260

Борис Годунов — А. С. Пушкин — 9781784350291

Стихотворения: 1813-1820 — А. С. Пушкин — 9781784350864

Анна Каренина — Л. Н. Толстой — 9781909669154

Детство — Л. Н. Толстой — 9781784350949

Отрочество — Л. Н. Толстой — 9781784350956

Юность — Л. Н. Толстой — 9781784350963

Смерть Ивана Ильича — Л. Н. Толстой — 9781784350970

Крейцерова соната — Л. Н. Толстой — 9781784350987

Так что же нам делать? — Л. Н. Толстой — 9781784350994

Хаджи-Мурат — Л. Н. Толстой — 9781784351007

Царство божие внутри вас... — Л. Н. Толстой — 9781784351113

Дядя Ваня — А. П. Чехов — 9781784350000

Три сестры — А. П. Чехов — 9781784350017

Вишнёвый сад — А. П. Чехов - 9781909669819

Чайка — А. П. Чехов — 9781909669642

Дуэль — А. П. Чехов — 9781784350024

Иванов — А. П. Чехов — 9781784350093

Шутки - А. П. Чехов — 9781784350109

Остров Сахалин - А. П. Чехов — 9781784351120

Записки из подполья — Ф. Достоевский — 9781784350472

Бедные люди — Ф. Достоевский — 9781784350895

Повести и рассказы — Ф. Достоевский — 9781784350901

Двойник — Ф. Достоевский — 9781784350932

Рудин — И. С. Тургенев — 9781784350222

Записки охотника - И. С. Тургенев — 9781784350390

Нахлебник - И. С. Тургенев — 9781784350246

Отцы и дети — И. С. Тургенев - 978178435123

Ася — И. С. Тургенев — 9781784350079

Первая любовь — И. С. Тургенев — 9781784350086

Вешние воды — И. С. Тургенев — 9781784350253

Накануне — И. С. Тургенев — 9781784350512

Мать — Максим Горький — 9781909669628

Конармия — Исаак Бабель — 9781784350062

Человек-амфибия — А. Беляев - 9781784350369

Рассказ о семи повешенных и другие повести — Л. Н. Андреев — 9781909669659

Жизнь Василия Фивейского — Л. Н. Андреев — 9781784351182

Леди Макбет Мценского уезда и Запечатленный ангел - Н. С. Лесков - 9781909669666

Очарованный странник — Н. С. Лесков — 9781909669727

Некуда — Н. С. Лесков -9781909669673

Мы - Евгений Замятин- 9781909669758

Санин — М. П. Арцыбашев — 9781909669949

Двенадцать стульев — Ильф и Петров - 9781784350239

Золотой теленок — Ильф и Петров - 9781784350468

Мастер и Маргарита — М.А. Булгаков - 9781909669895

Собачье сердце — М.А. Булгаков — 9781909669536

Записки юного врача — М.А. Булгаков — 9781909669680

Роковые яйца — М.А. Булгаков — 9781909669840

Горе от ума — А. С. Грибоедов - 9781784350376

Рассказы для детей - Д. Хармс - 9781784350529

Евгений Онегин (Либретто) — 9781909669741

Пиковая Дама (Либретто) — 9781909669918

Борис Годунов (Либретто) — 9781909669376

Руслан и Людмила (Либретто) - 9781784350666

Борислав сміється - Іван Франко - 9781784350789

Украдене щастя — Иван Франко - 9781784351069

Чорна рада — Пантелеймон Куліш – 9781909669529

Раскіданае гняздо/Тутэйшыя - Янка Купала – 9781909669901

www.ingramcontent.com/pod-product-compliance
Lightning Source LLC
Chambersburg PA
CBHW050906120626
46554CB00003B/1049